AF324501

VENTE

DE

PASTELS

ET

DESSINS REHAUSSÉS

PAR

Jules CHÉRET

COMMISSAIRE-PRISEUR

Mᵉ André COUTURIER

(Successeur de Mᵉ L. TUAL)

EXPERT

M. F. MARBOUTIN

Mars 1909

CATALOGUE

DES

PASTELS

ET

DESSINS REHAUSSÉS

PAR

JULES CHÉRET

Officier de la Légion d'Honneur

DONT LA VENTE AURA LIEU

HOTEL DROUOT — SALLE N° 10

Le Mercredi 17 Mars 1909

A 3 HEURES 1/2 PRÉCISES

Mᵉ André COUTURIER	M. F. MARBOUTIN
COMMISSAIRE-PRISEUR	EXPERT
Successeur de Mᵉ TUAL	
56, Rue de la Victoire, 56	*2, Rue de Marseille, 2*

CHEZ LESQUELS SE TROUVE LE PRÉSENT CATALOGUE

EXPOSITION PUBLIQUE

Le Mardi 16 Mars 1909, de 1 heure 1/2 à 6 heures

CONDITIONS DE LA VENTE

La vente sera faite au comptant.

Les acquéreurs paieront *dix pour cent* en sus des enchères.

Aucune réclamation ne sera admise une fois l'adjudication prononcée.

Nº 2

DÉSIGNATION

PASTELS

---

1 — Plaisirs champêtres.

Haut. 0,55 ; Larg. 1m05.

2 — La Chanson de Colombine.

Haut. 0,41 ; Larg. 0,38.

3 — Frisson.

Haut. 0,44 ; Larg. 0,25.

4 — Sur l'herbe.

Haut. 0,23 ; Larg. 0,42.

5 — Le bal masqué.

Haut. 0,45 ; Larg. 0,28.

6 — Confidences.

Haut. 0,45 ; Larg. 0,28.

7 — Carnaval.

Haut. 1ᵐ10 ; Larg. 0,65.

8 — Rayons de feu.

Haut. 0,37 ; Larg. 0,25.

9 — Jeux d'amour.

Haut. 0,24 ; Larg. 0,70.

10 — Sourires.

Haut. 0,42 ; Larg. 0,23.

11 — Danseuse.

Haut. 0,42 ; Larg. 0,23.

12 — Pierrot vainqueur.

Haut. 0,65 ; Larg. 0,36.

13 — L'Eventail.

Haut. 0,45 ; Larg. 0,28.

14 — Dîner sur l'herbe.

Haut. 0,28 ; Larg. 0,45.

15 — La Mandoline.

Haut. 0,42 ; Larg. 0,24.

16 — Danseuse aux cymbales.

Haut. 0,65 ; Larg. 0,36.

17 — La Promenade.

Haut. 0,50 ; Larg. 0,98.

18 — Charmeuse.

Haut. 0,39 ; Larg. 0,24.

19 — Révérence.

Haut. 0,42 ; Larg. 0,24.

20 — L'Attente.

Haut. 0,42 ; Larg. 0,23.

DESSINS REHAUSSÉS

21 — Travesti.

22 — La Pavane.

23 — Madame Eve.

24 — La Romance.

25 — Printemps.

26 — Arlequin.

27 — Provocante.

Nº 7

RED. :

18

0 1 2 3 4 5 6 7 8 9 10

BIBLIOTHEQUE NATIONALE DE FRANCE

****

CHATEAU DE SABLE

1996